손금 안에

연어가 산다

손금
안에
연어가
산다

펴낸날 2023년 1월 12일

지은이 심승혁
펴낸이 주계수 | **편집책임** 이슬기 | **꾸민이** 이화선

펴낸곳 밥북 | **출판등록** 제 2014-000085 호
주소 서울시 마포구 양화로7길 47 상훈빌딩 2층
전화 02-6925-0370 | **팩스** 02-6925-0380
홈페이지 www.bobbook.co.kr | **이메일** bobbook@hanmail.net

© 심승혁, 2023.
ISBN 979-11-5858-912-7 (03810)

| 밥북 기획시선 36 |

손금 안에 연어가 산다

심승혁 시집

꿈에서 꿈을 꾸었네
꿈인 줄 알면서도 깨기 싫은 꿈을
꿈속에서 꾸었네

꿈꾸던 나는,
꿈의 꿈속에서 시를 쓰는 나를 보았네
꿈속의 꿈같은 시를 읽으며 시인처럼 웃었네

드디어 시인이었네

봄을 꿈꾸던 자리마다
시시한 시인으로 서성일 수 있다면
몇 번이고 꿈을 꾸기로 했네

꿈을 꾸고 또 꿈을 깨다 보면
더 시인에 가까워질까 생각하면서,

『일장시몽─場詩夢』같은 빈 손짓이 또 하나 늘었다.

2022년의 끝을 다독이며,

심승혁

제1부

세상,
몇 번은 뜨거웠던 일이다

눈 동네에 살아요

검은 시간 희게 덮은
눈을 캐요

무성한 소리 냄새 색깔
알면서도 침묵했던 소문들
줄줄이 걸려 올라와요

길고양이들 옆집 향해 온몸 헐도록 울고
개 찾으러 나간 앞집 할머니 잊은 지 오래고
몰래 버린 꽁초의 부패 감춘 윗집 차들,
똑같이 마음 가난을 속이고 있는

눈 속의 혹은 눈들의 시간

평등한 흰색을 캐는 아침이 오면
허겁지겁 튀어나온 귀 막힌 동네가
입마저 닫고 모른 척하기 바빠요

눈들이 다시 덮이는 동안
잠시, 소문들
썩은 안색 붉히며 꼬리를 감춰요

눈이 오거나 눈을 감거나

숨어 지내기 참 쉬운
눈 동네에 나는 살아요

사람 여행

고객 소개로 만난 사람

– 가입할 테니 자전거 주세요
– 그냥 우유 1년 치 시키시죠

냉랭한 커피 들이켜며
하얀 우유보다 못한 서류 속
마음을 구겨 사람을 잃는다

세상은 그럭저럭 넓고
사람은 그럭저럭 산다는 데
서슬 퍼런 대화 위로
날 세운 말이 씁쓸한 날

자전거를 살까 우유를 시킬까
왜 고민을 대신하는 것인지
알다가도 모를 시간을 다시 걷는다

얻을 사람 생각에 여전히 신나는,

손금 안에 연어가 산다

이상한 이모들

이모, 이모,
분명 엄마와는 닮지 않은 사람들

부른다, 가까워진다

- 지난번에 보니 총각김치 잘 먹던데 더 먹어
- 어이구 이모야, 그럼 공깃밥 하나 더!

엄마 밥 굶었던 시간 잠시 잊고

백반집 가득 핏줄이 엉킨다

뉴스를 섞어 먹은 날

요단강 건너는 입구인지
삶이 증발한 요르단강 어딘가
죽음만 남겨진 사해死海 위로

주고받음의 수평이 사랑의 기초라고,
도브 콤플렉스에 걸린
암비둘기의 사막 같은 심장이
억울한 유서로 떠다닌다고 하는데

날개는 이미 죽어
똥내 진득한 몸뚱이로
푸석한 유서마저 노리는
수비둘기의 새빨간 눈동자가
호수 밑바닥에서 찰칵찰칵

n번방을 열고 있다는 뉴스에
간도 안 한 물이 짰다

설마 舌魔

"설마?"
사람을 잡는 중이다

누군가의 상상과 미움이 더해진 혀의 마귀가
귀에 바짝 붙어 마음을 요리하고 있다

재미있다는 웃음과 교묘한 비웃음을 섞어 설설 끓는다

굳이 음침하거나 어둠을 켜지 않아도 충분히 검어서
몰래 핥는 사탕처럼 달콤한 믿음이 우러난다

"설마!"
도리질하던 입이 번들대며 끄덕이는 동안
사람이 다 먹혔다, 이미

사실인지는 중요하지 않았다

오해의 끝

금 간 지 오래
별일 없는 듯 참아내는 벽을 믿었다

그런 날이 오래
벽은 그대로인 채 금은 깊어지고
사이로 물을 채우는 시간이었던가
그렇게 오래

벽은 멀어지고 금은 짙어져
호수가 된 얼룩을 가르는
검은 수심의 지느러미들, 와르르

집이 무너졌다

상생相生

불완전한 죽음들 완성시키는
칼의 춤을 본 적 있나요?

챙, 죽은 것 잘라
푸른 숨 만드는 소리로
챙, 시든 것 베어
빨간 숨 불어넣는 소리로

토닥토닥 세상에 없던 숨
두드려주는 칼의 춤 말이에요

바다를 가르고 들판을 누비며
홀로 떠돌던 별의 죽음마저
그의 표면에서 반짝 숨 쉬는
생생한 저녁이 오면

고등어 한 손 고추 몇 개
신선하게, 같이
춤추는 걸 정말 본 적 없나요?

폭설

그래 원래 세상은
눈으로 가득한 거였어
가끔 우둘투둘한 마음이
해와 달 사이에
여름을 갖다 놓다가
제풀에 낙엽을 쏟았을 뿐이야
눈과 눈이 닫혀 흰색을 못 보고
입마저 막혀 계절의 이름들을 잃었던 거야
낙엽의 색깔을 함께 주울 사람이 없어서
낙엽의 다음에 대해 말할 사람이 없어서
한숨 또 한숨 자꾸 검게 칠해졌던 거야
그래서 그런 걸 거야
설마 내가 너를 못 볼 리가 없는데
잃어버렸다고 잊을 리가 없는데
그래 원래 세상은
눈에서 눈으로 온기가 연결되어 있어서
검은 숨 다 녹일 만큼은 갖고 있어서
우리는 다시 흰색으로 녹을 수 있을 거야

자, 이제 검은 숨 푹푹 녹인 큰 눈으로
나와 나타샤와 흰 당나귀[*]를 읽을 시간이야

흰 밤이야

---

* 백석이 1938년에 발표한 시.

비, 고란

무엇을 적어도 좋은 날이었을 테지
INFJ라든가 어머니 끝내… 라든가 5월 21일은 당신을 만난
날이라든가 비가 많아서 젖었어 같은 자백이라든가

시간으로 파놓은 고랑에 빗소리 졸졸 쌓여 잔뜩 흘러도 좋을,
없어도 상관없지만 있으면 왠지 든든한,
지난 기록의 바랜 비고란으로 과거를 한 번 더 읽으면

생각이 아무리 비로 씻겨도 지워지지 않는 문신처럼,
점점 희게 지워지는 기억 위에 검게 그을린 필체처럼,
내일쯤에 지금들을 비워내지 않도록,
비 오는 날을 굳이 기다려 고랑 하나씩에(잊는 일은 없을
만큼만) 채우고 싶기도 하지

훗날 혹여,
잊음에 매몰된 아우성들을 줄-줄-이 찾아 듣길 바라면서
무엇을 읽어도 좋은 날이 되도록 말이지

　　　　　　　　　　손금 안에 연어가 산다

새, 꿈꾸기

비어 가는 뼈 찬찬히 두르던 중에
땅 한번 공중 한번
하늘과 가까워지는 그 뜀을
새라고 부르기로 하자

우주를 돌던 시간이
해에게서 소년에게* 다가와
어둡던 몸 밝게 벗기고 뼈를 비워
비로소 뜀을 시킨

수많은 새 아침 소리가
땅 위의 헌 몸 위로 점점 커져올 때도

더 이상 떨어지지 못해
훨훨 하늘을 사는 그 꿈을
새라고 부르기로 하자

내일도 부디 어제처럼 새를 부르기로 하자

---

* 최남선의 시.

네잎클로버[*]

'상처는 사라지고 흉터는 남는다'

바쁜 시간 귀퉁이에서 들은
라디오 광고 멘트가
며칠이나 맴돌던 날이었어

지루한 장마 끝을
바짝 말리느라 달아오른
해변 카페 귀퉁이에 앉아
잊었던 시집을 펼쳤더니

귀퉁이 바랜 네잎클로버
드문드문 행운을 검게 지우고
누런 흉터로 꽂혀 있었지

잃었던 행운을 쥔 손가락은
행복 찾다 지친 흉터 귀퉁이를
따끔따끔, 멋쩍게 긁을 뿐이고

---

[*] 네잎클로버: 〈행운〉과 동일한 느낌을 위해 띄어쓰기를 하지 않음.

　　　　　　　　　　손금 안에 연어가 산다

내일

소쩍소쩍
서쪽으로 닿지 못한 새

날개 접는 날까지
동쪽의 시간, 아직은

서쪽과 소쩍 사이
동이 트도록
밤 한 움큼 들이켠다

남아있는 방향이 다시
밝는다

푸른 입

하얀 종이 위 초록 펜으로
'푸르다'를 쓰고 오래 읽어본다

색깔 없는 내일들이 밝아지는 말 같아서
푸릇푸릇 소리를 내다가
물이 든다

"먹구름보다 높은 하늘이, 무지개로 묶어 놓은 햇빛을, 맑게
받아주는 넓은 바닷속, 투명하게 가르는 흰수염고래의, 푸른
헤엄"

"새벽녘 첫 귀를 깨우는 새들의, 지저귐에 화들짝 열린 세상
을, 다 가지라는 듯 심장으로 번지는, 푸른 공기"

"오늘의 저녁이 도착한 안목 해변, 해송 아래 자그마한 청설
모들이, 분주하게 퍼트린 솔 향기가, 바람을 따라 출렁이는 해
파랑길의, 푸른 걸음"

손금 안에 연어가 산다

"사람의 무게를 손깍지로 쥐고, 같이 웃었던 발자국을 따라
온, 옴폭하고 동그란 간격의, 푸른 온기", 기타 등등, 기타 등등

어두운 자궁에서 환한 연두로 나와 짙은 초록을 지나 다시
어둡기 전, 닿은
눈과 말과 얻어낸 숨까지도
푸름에 겹겹이 겨워

달리 표현할 방법을 못 찾고
"푸르다"만 외칠 수밖에 없는
푸른 입이 되어버린다

고물상 가는 길

바람의 밖이 차가워져 갑니다

손수레를 끌고 낮게 구르는 낙엽
시간이 뒤로 떨어진 모양인지
자꾸 돌아보는 입김이 가파릅니다

얼어가던 바람
바퀴에 걸린 동그란 소리로
낙엽 뒤에 흘려진 시간과
쉴 새 없이 말을 나눕니다

"오늘 무게는 얼마나 될까?"

"야윈 걸음은 어제보다 무겁고
고물상과의 거리는 그만큼씩 고단하겠지"

바퀴를 벗어난 소리
닳아버린 시간과 허공으로 돌아간 후

끝내 바람의 밖으로 들어온
숨찬 낙엽의 독백이
입가에 차갑게 서리기 시작하자

언덕 너머 고물상에
누군가 불 지피고 있을 거라며
바퀴가 낙엽을 재촉합니다

불상사 佛像寺

높은 산 보물처럼

금빛 두르고 앉아 천 년

조아림의 시간을 벗고 나온 모양새다

쓰다 남은 욕심들 버려지느라 불황을 모르는
동네 쓰레기 집하장 어둑한 구석,
손 털며 놓고 간 쓰레기봉투 안
무소유의 염원이 부풀어 바스락 독경에 바람이 머물고
쓸모를 잃고서도 다시 희망적인 폐지들 납작 엎드린 채
굽은 등의 사람이 새벽을 끌고 와 데려가 주길 기다리는 곳

손금 안에 연어가 산다

덜어내고 가는 뒷모습과

등의 굽은 무게 사이에서

세상에 걷어차이는 고행쯤이야,

잿빛으로 벗겨진 염화미소가

잿빛으로 벗겨진 염화미소가

탁발승 걸음으로 바닥을 뒹굴어도

나지막하게 절 한 채 뚝딱 세우고 있는

저 불상佛像

낮은 채로도 여전히 환하다

버스는 열시[*]에 떠나도

마지막 승객이 내리자
달빛 물씬해진 버스
검은 도로로 다시 떠난
지금은 열시

어둠이 어둠의 뒤를 쫓고
누구도 아무도 못 찾아 외따로운
밤의 등 밀어내는 저 달빛공간[*]의 질주

반질대는 허기로
늦은 손 흔드는 사람아

휘휘, 휘이-익, 달빛을 불러라

어둠은 깊고 누구도 없어 홀로
밤의 귀 출렁이는 정류장 뜨겁게
빈 입술로 휘파람을 불어라

---

* 열시, 달빛공간: 각각 명사같이 사용하고자 띄어쓰기를 하지 않음.

손금 안에 연어가 산다

숨 막히는 열기로
오늘을 가득 운 사람아

삑삑, 삐이-익, 내일을 불러라

달빛 싣고 떠난 버스
검어서 다행인 어둠 속에서
해를 둥실 태워올 때까지

훅훅, 후우-훅, 살아라 살아라

밤의 눈 감기도록 휘파람 부는
지금은 열시熱時

나비효과

낮은 곳에 있다고
낮게 사는 삶이 아니란다

속함에 충실한 것으로
비옥함을 만드는 것으로
한 번의 꿈틀거림으로
땅을 흔들어
너 이외의 것들도 살리니

지렁이, 너는
나비보다 높을 수도 있겠다

손금 안에 연어가 산다

촛불

흔들리는 일이다
꺼지기 직전까지 울 일이다

침묵하는 어둠
다 열리도록
곧은 심지 환히 태워
검게 남기고 갈 일이다

다행이라면,

눈물 식는
틈 사이– 사이
몇 번은 뜨거웠던 일이다

제2부

시간,
같은 시간에 우린 어쩌면

같은 시간에 우린 어쩌면[*]

(19시 28분, 여름, 낮)
전기 한 톨 없이 밝음을 몰래 쓰던 흰 구름
어지러이 던져진 전선에 구속되었다
그 후

(19시 28분, 가을, 저녁)
구속된 구름이 어둠을 틈타
저녁으로 탈출했다는 뉴스가 전해지고

(19시 28분, 겨울, 밤)
숨어있던 구름의 일부가
꽁꽁 얼어 죽은 시간을 껴안고
흰 눈물로 쏟아져 내렸다
그 후

---

* 윤상, 〈우리는 어쩌면 만약에〉 가사 인용.

손금 안에 연어가 산다

(19시 28분, 봄, 비)
구름의 부고에 놀란 민들레
잊고 지낸 과거를 부풀리고 흩트려
홀홀 조문을 올려보낸 날부터

흰 눈물 느리게 날리는 시간 다시 오도록
어쩌면 구름이었을지도 모를
(19시 28분, 지금, 우리)

꽃 뿔

펄펄 나는 저 꽃잎들
땅 깊이 숨겨둔 뿌리의 말을
고자질 중이다

몰래 쥐어본 소리
시렸던 손끝을 녹여
온몸으로 촉촉 흐르면
난분분해진 아지랑이에
아차차,

꽃 뿔이 돋겠다

노루귀

오래 움츠려
겨울로 자란 날들
콕 콕 털어낸

노루, 발자국 곁

봄 새 두근두근
적막이 오죽 깊어

땅 쫑긋, 귀를 틔웠을까

가을, 꽃이 피는 이유

여름이 한가롭던 미용실 안

어제 꽃이 되지 못한 여인
머리카락 뚝뚝 떨구며
이별의 주름을 접어
다시 꽃이 되는 중이다

저문 햇살 튕기던
수북한 긴 눈물
꽃잎으로 쌓이면

아, 바르르
떨리는 꽃 만발 만발
꽃잎 밟는 소리 참방참방

시든 꽃에 물을 주듯*
꽃씨 한 방울 방그르르
드디어 환해지고

몰래 온 바람
가을을 켜켜이 피우고 있다

* HYNN(박혜원)의 노래 제목에서 차용.

가을장마의 감춰진 진실

가랑비 흐르는 바닥으로
가차 없이 지나는 시간 업고
가랑가랑 잎 떠나가는 물길 곁
가던 길을 멈췄다
가닿을 먼 곳 찾던
가없는 시선 붉어져
가느다랗게 떨리는 순간
가는 빗물 정수리에서부터
가열하게 채워지더니
가슴속 봇물 기어이 터졌다
가라!
가버려라!!
가지 말라고 외치지 못한
가짜의 무거운 말 다 쏟아지고…

가을로 물들던 바닥이 철렁
가라앉는다, 나 대신

벼의 시간

저라고 오래
푸른 직선이고 싶지 않았을까
곧은 외침 지르고 싶지 않았을까

하늘 아래 지나던 허공이
소복소복 모아둔 동그란 무게

노랗게 어르는 바람을 타고
울음 한 알 웃음 한 줌
다복다복 익혀둔 뼈의 끝에
소리도 붉게 단풍 속삭이던 날

고이고이 등을 굽혀 건네준 시간이
햇, 살의 고봉으로 와
밥상 위에 반짝

모락모락 눈부시다

단풍

푸른 생의 끝까지
마지막 한 발짝

동동 발구름에
뜨거워지는 순간

들숨으로, 흡
노을 한 움큼 옅어지고
숨 빛 한 모금 깊어져

빨간 생의 불멸
핏줄마다 다시 핀다

손금 안에 연어가 산다

지금은 가을 ³/₄

저기 먼 데서
밤송이 툭
시간을 움켜쥐고
떨어지는 소리

찾아다니다가
빨개지고 누레지고 벗겨지고 가라앉고

등 뒤로 걸음이 주룩주룩,
마르는 동안

하늘이 높아진 것인지
땅이 가까워지는 것인지
낮아져만 가던 까치발 휘청이는데

저기 먼 데로
밤송이 툭
시간을 토해 놓고
멀어지는 소리

흐릿

오후 5시
여름에는 환했던,

차갑게 펄럭이는 골목 안으로
땅 구르는 소리 모여들자
가로등 아래 쓰르르
흐릿해진 낮이 이름을 바꾸는 시간

지난 계절 다 앓고 온 골목이
어제보다 일찍 흐릿해지면
같이 놀던 아이들은
밥 냄새 선명한 집으로
엄마 한 줌씩 쥐고 사라졌었다

애들아 애들아
오래된 소리 낡아서
닫힌 대문 열지도 못한 채
낙엽의 춤으로 휘도는 지금은
흐릿한 눈 점점 더 흐릿해지는

오후 5시

예전에는 맑았던,

시간은 저 혼자 흘렀다

어느 날 바람이 있었다

수더분한 날들의 무게 아래
둥근 바람을 짚고
등을 일으킨 날이었다

안개는 물밀듯 산을 적시고

굽은 등 안
바람을 얻은 나는
꼿꼿하게 정상에 올라
지평선 너머 사라지는 시간을
잡으려고 손을 뻗는데

사이, 희끗하게

발자국 묻은 산길마다
사방 흩날리는 나무의 것들처럼

손금 안에 연어가 산다

안녕, 선명하게

안개로 몰려드는 인사말에 얼른
감은 눈으로 귀를 막았건만

그새 젖은 등과
바람만 조금 쌓인
나를 남기고

저 혼자 또 시간은 흘렀다

추포秋浦[*]

봄 항구 떠난 지 반백을 넘긴 배 한 척,

눈부시던 등대의 배웅도 잊고 망망대해 파도를 가른 지 오래여서

벅찬 엔진 소리 여름을 건넌 바람에 통통 식어가고 바다를 건지던 그물은 암초들로 헐었다

만선이 기억된 뱃머리부터 하얀 비린내 조금씩 풍기자 한숨이 안갯속에 닻을 내렸는데

자욱한 바람 다르게 부는 날

수고했다 수고했어 잊었던 염원이 망부석 먼 손짓처럼 나부낄 때

가을이 왔다는 갈매기의 전갈이 끼룩끼룩 뱃머리에 앉아 방향키를 돌린다

품은 사연 한 아름 붉게 건네며 못 이기는 척 추포追捕된 소슬바람의 땅에선

갓 익은 단풍나무,

노곤해진 등대 빛에 기대어 겨울을 기다리고 있다

---

[*] 추포秋浦: 가을의 항구, 시인의 호.

추웠다

윈도 AD 광고에 뜬 문장 한 줄
"엄마, 연탄 한 장만 쓸까?"

순간

추운 문장이 히터에 녹아내린 발치까지 쏟아지고 연탄 한
장 동그랗게 건네지 못한 과거가 돌아나고 비스듬한 웃음이
쌀쌀맞게 귀를 스쳐 심장을 찌르던 그날

뜨겁던 노트북 네모난 그늘 속
화끈화끈 얼음이 피어나
겨울을 깎는 소리, 사각

사각에 갇힌 채 추웠다

불면不眠

'검다'를 벗는 소리
우윳빛 설설 흐르는

백색의 어둠[*]

생각을 뭉쳐 걷던
발자국 끝내 얼어붙고

녹일까 덮을까
위태로운 마음
느린 서성임으로
아직은 검어서

참, 긴—

눈은 자꾸 환하고
후우 후우 계속 나리고

---

[*] 포르투갈 소설가인 주제 사마라구의 95년 作 소설 「눈먼 자들의 도시」에서 인용.

립, 밤 키스

찬 시간이 사막처럼 오는 날이면

낙타의 발로 바람을 밟고
버석대는 모래 위
별도 마른 밤 건너
눈물겹도록 네게 젖어버려야지

물빛 닿은 입술을 따라
촉촉한 너의 가까이
별의 박동 높이며
모든 죽어가는 것을 사랑해야지*

---

* 윤동주, 「서시」의 일부 인용.

마침 내일은 아무도 가지 않은 요일

발을 떼는 곳마다
묵묵히 구름을 낮춘
마침 오늘은 비가 오는 요일

햇빛을 숨긴 먹빛
추추 젖은 동그라미 등에 지고
휘영청 떨어진 자리마다
핏빛 잎이 활활 녹는다

엉겨버린 비
뭉실뭉실 날리는
마침 오늘은 비가 그친 요일

어느샌가 하얀 아우성 자작자작
요일 내내 타고 있던 숲에서 돋을 때
새파랗게 시린 숨 딱딱 굳는다

길을 내던 발자국, 걸음들이 무겁다

'그림자가 까매서 못 걷겠어요'

까만 비명 털고
흰 몸짓 훨훨 가벼운
마침 오늘은 비가 없는 요일

꽉 찬 소리로 하늘은 펑펑 땅을 데우고
남겨둔 그림자 곱은 손을 분다

호오 호오

꽃 한 송이 따뜻해지려나

아직 오늘은 아무 일이 없고
마침 내일은 아무도 가지 않은 요일

지금은 달이 뜨는 계절입니다

지독한 어둠이 밤을 감추길래
별 꼬리 빗금으로 하늘 열어
달빛 밝혔다고 이러십니까

천 번의 계절 지나도 닿지 않을
시간의 빗장 벗긴 하늘 열어
달빛 채웠다고 이러십니까

바람이 두고 간 날들을
꽃들이 바꾸는 동안
대체 당신은 어디에 있었습니까

달빛 머무는 동안
당신은 왜 어디에도 있었습니까

손금 안에 연어가 산다

왜, 왜, 왜, 당신은
어디에도 없는데 어디에나 있는 건지
바람과 꽃에게 묻는 지금은

내 가득 온통 달이 뜨는 계절입니다

겨울을 건너는 중

바깥들이 가파르게 깎이는 날

쏟아지던 당신의 흰 발자국이 검은 밤을 푹푹 찌르길래 굳
은 손 펄펄 흔들며 세상 가장 조용히 귀를 녹여 소리마저 언,
밤을 얻어냈는데

오후로 익은 볕이 따뜻해서였을까

흰 밤의 파편에 축축해진 아침, 가뒀던 소리 조각들 줄줄 눈
에서 빠져나와 태양 가까이 반짝이는 오후에 도착했던 그날이
희미하도록 멀어진 동안 귀 안에 넣어둔 말들 무뎌진 바깥 가
득 부스스 떨어져 소리 없는 바람 희게 쓸고 간 휭한 시간에
눈 감은 나는 서서

'당신을 두드리면 어떤 소리가 날까?'

시리디시린 귀를 쫑긋거렸네 또,
혼자 검게 허공을 두드렸네

　　　　　　　　손금 안에 연어가 산다

동백, 섬

꽃 피는 동백섬에 봄이 왔을까[*]

그 섬 한번 못 가본 남자
동백 시만 몇 편째다

숨죽여 읽던 소리
동백 동백 쌓여
섬이 된 줄도 모르고

아직 먼 봄이라며
오늘도 먼 봄이라며

꽃 피는 동백섬에 봄이 왔을까

추운 노래 붉게 우는 섬 위로
동박새, 희고 둥근 눈웃음을 앉힌다

---

[*] 조용필, 〈돌아와요 부산항에〉 가사 변용.

제3부

가족,

차마 다 부르지 못합니다

그런데

며칠 전부터
전구가 나갔는지
불이 켜지지 않았어

반짝이던 당신,
닮은 전구를 하나만
딱 하나만 사서
가득해질 빛 떠올리며
휘파람으로 기분 좋게 돌아와

어둡던 울음 환하게 저어
당신 닮은 전구로 갈아 끼우고
스위치 똑딱이며 몇 번이나
기억 같은 빛을 보았지

그런데,
당신은 아니더라

띄어쓰기

보험금을 신청했다
며칠 동안 지급되지 않는 상황,
항의를 했다

– 왜 지급이 안 되는 거죠?
– 한의원 외래 치료비*는 보상 제외입니다.
– 한의원 아닌데요?
– ○한의원이라고 되어있습니다.
– 일반 내과 ○한 의원인데요?
– … 바로 지급하겠습니다.

띄어쓰기 하나로 달라진 상황,
아버지 가방에 들어가셨다던 말이 차올랐다

어디에 계시든 아버지만 볼 수 있으면 좋겠는데 울컥,
항의 한번 받아줄 저 너머 전화번호가 궁금해졌다

---

* 실손의료비 보험에서 한의원의 외래 치료비 中 비급여 부분은 보상 면책사항임.

바다에 귀를 대는 이유

물빛 검던 죽음 어린 밤
넓은 등 하나
힘차게 손을 내밀었지요

달마저 빠진 어둠
잠겼다가 철렁
솟구친 바다가 업어온
얕은 파도
해변을 따라 눕자
가쁜 숨 둘
희게 살아 웃었지요

죽음이 더 검어지기 전
등을 넘어 심장에 닿았던
아버지 눈빛
환하게 기억하는 해변에 서서
수평선의 주름이 지워지도록
시간을 오래 삼킨 바다를 꺼냈지요

손금 안에 연어가 산다

'등 대봐, 이젠 나도 업혀 보자'

묵은 아버지 말 찾아 듣느라
등보다 무거워진 귀만 자꾸
바래져가지요

장어長語

긴 이름의 물고기를 먹습니다

널따란 안정 마다한 세상
힘찬 꼬리 휘감아 꽂히는 자태에
젓가락을 멈출 수 없는,
긴 이름을 가진 물고기를 먹습니다

구부러진 마지막 모습조차
힘이 남은 화살처럼 꿈틀꿈틀
보드랍게 입안을 맴도는,
긴 이름으로 사는 물고기를 먹다가

누구보다 긴 이름을 가진 이를 부르고 싶어집니다

척박했던 삶의 끝
남겨놓은 이름으로 죽음의 무게 벗고 사라진 지 오래인
오래라는 말도 무색하게 죽어서도 사는,
긴 이름으로 남은 이를 부르고 싶습니다

손금 안에 연어가 산다

내 안 수시로 꿈틀거리는
불멸의 장어長語 한 마디
도저히 참을 수 없는데

차마
그 긴 이름 끝내,
다 부르지 못합니다

세상 슬픈 것들의 끝은 빳빳하다

마지막 한 조각까지 구름을 뜯어 땅으로 던지던 비의 팔매질처럼
뜨거운 입김 무색하게 찬 이별을 말하던 배반의 날 선 눈빛처럼
홍수로 희번득 지붕까지 뛰어오른 황소의 경직된 뿔처럼
황토물에 쓸려온 부러진 나무의 날카로운 가지 끝처럼

슬퍼지기 전
세상은 빳빳해진다는 것을 알게 된 날이 있었다

어둑했던 동네 오래된 구석을 틈타
아침에 쏘아 올린 거미의 첫 줄에 재개발 소식이 시끌벅적
붙은 후
레미콘의 쉼 없이 구르는 시멘트 동그랗게 흘러들어
집 한 채 따뜻하게 세워지자
은발이 빛나던 아버지의 환한 담뱃불은
저녁 아랫목 빨간 화인처럼 피어났다

꺼지지 않을 것 같았던 그 빨강, 빨강이던 아버지 끝내
마지막 몸으로 숨 한 가닥
빳빳하게 쥐여 주고 가셨던 검은 그날

손금 안에 연어가 산다

초록이 무성하던 대문을 건너

다 태운 온몸으로 홀로 남겨진 꽁초 불이

세상 슬픈 것들의 끝을 빨갛게 당기고 있었다

아버지, 나, 무務
- 세대교체

와르르르 굽이친다

비와 폭포를 보며 배워왔던 계절들이 한꺼번에 쏟아지고
산목숨의 끝까지 토해내는 소리가 사방에 즐비한
가지마다의 끈 훌훌 풀어낸 나는 것들의 축제

허공의 깊이를 재며
잠시 굽은 이의 등에 사르르르 걸터앉아
키워낸 나무의 높이를 잰다

한 뼘- 두우- 뼘

점점 커지는 숫자에
울컥울컥 붉어지는 미소, 다시 웅혼하게
날아 날아 날아
장엄한 날갯짓 우수수하다

어디선가 까르르르 가을을 부추기자
등 굽은 이 저만치 멀어지며
우르르르 땅속을 가늠한다

손금 안에 연어가 산다

잘, 가, 요,

나무의 온기
햇살 같은 안녕을 말할 때
품 넓힌 겨울 희붐하게 자리 잡은 곳마다
자욱하던 이별 자국만 난분분 난분분

땅이 바르르르 대신 두근거린다

안심

엄마가 전화를 받지 않는다
집은 문이 걸렸고
열쇠는 바보같이 안 가져왔고
동생은 가게 일로 바쁘다 하고
친구분은 노래교실에서 신나시고
아지트에는 안 오셨다는데
왜 오늘따라 하늘은 노란 건지
왜 오늘따라 미세먼지는 심한 건지
대체 엄마는 이 날씨에 어디 숨으셨나
한숨이 안개보다 짙어질 때쯤
전화기에 모친이라고 떠오른다
새해 일출도 이보다 환하진 않겠다
새까만 투정을 열심히 쏟아내는데
깨끗하게 찰랑이는 엄마 목소리
– 나 목욕탕에 있었다

휴, 목욕탕 번호도 저장해야겠다

손금 안에 연어가 산다

죄

밤 깊은 닭목령
새끼 고라니에 놀라
급하게 핸들을 꺾었다
퉁, 슬픈 소리
깨진 전조등에 의지해
차부터 살피고서야 걱정이 됐다
작고 가벼운 심장으로 잘 뛰어갔을까
어둠뿐인 숲에 귀를 대다가
풀 소리의 고요에 갇혔다
살아있(어야 한)다 살아있(어야 한)다
후우, 내 숨만 크게 들렸다

엄마가 쓰러졌다
고통뿐인 시간 진통제로 재워드리고
숨소리 새근새근 고요를 듣다가
퉁, 새끼 고라니가 떠올랐다

후우, 다 내 죄 같다

물 집

결국 가셨네

아버지 없어
물로 채웠던 이십여 년
혼자 울고 몰래 떨며
깊숙이 가라앉으시더니
어머니도 가셨네

아제 아제 바라아제
흰나비 꽃잎 부푼
자리마다 노래로 울면
덩더꿍 흰 춤 마다치 않고
주룩 주르륵
몸짓 눅눅해지도록
어허야 어허야 지피시던
온몸 가득 불을 지니고
물속으로 가셨네

손금 안에 연어가 산다

아버지 묵묵히
누워 기다린 자리 곁
늦게 도착하여 미안하신지
불덩이 한 줌 쥐고
저 안으로 끝내 가셨네

아제 아제 바라아제
그래그래 그곳에서
한 번 더 뜨거우시구려

물로 가득했던 저 집
불이라도 나면 어쩌나 싶어

하루 몇 번씩 넘겨다보는
모른 척 조용한 내 안으로
어허야 물집이 터지네

없는 사람

한없는 웃음으로 만나
끝없이 볼 줄 알았던 당신이 없어져
긴 시간만 빈집으로 남았습니다

손때 묻은 현관문을 여는 순간
사느라 바빴던 거미줄에 걸린 빈 소리가
조각조각 덮쳐 오길래, 얼른
주인 잃고 구겨진 묵은 이불을 털며
햇살에 드러난 당신 냄새의 부스러기들
눈물마다 달라붙은 거라고 혼잣말을 했습니다

한 번도 켜지지 못한 새 에어컨이 하얗게
다음 여름을 기다리며 울먹이고 있어서
슬그머니 토닥여도 보았다가

또 올게요, 현관을 나서는 데

엎어진 신발 한 짝
없는 사람을 마중 나와 있기에, 못 본 척
허둥지둥 나오기는 했습니다만

긴 9월

엄마 잃은 집을 비우다가
9월이 멈춘 달력 앞에
우두커니 섰습니다

굳어버린 몸 추울까
뜨겁게 한 줌으로 묻힌,
눈물마저 붉던 계절 위로
잔디가 동그랗게 번져
언 시간이 자꾸 푸를 텐데
9월은 철없이 그대로입니다

해마다 저 9월을 견디다가
분명 흰머리로 늙을 나는

붉기에 적당한 계절처럼
혹은 철모르는 아이처럼
유언 같은 9월을 껴안고서

9월이 참 길겠구나, 합니다

뜨거운 냄새

후루룩,
엉킨 면발 풀며 몇 가락 넘기니
아득한 맛이 국물을 따라 솟는다

비 내리면 국수 먹자던 말
면발마다 쫄깃하게 맺혀
엄마 손 냄새로 숙성된 기억이
좀처럼 식지 않는 날

주르륵,
무언가 흐르는 소리

손에 가득 담아
뜨겁게 엄마한테 건네면
금세 뚝딱 잔치라도 벌이실까

손금 안에 연어가 산다

종일 눅눅한 생각을 풀어
엉킨 하루 내려놓는데
'배 금방 꺼지니 더 먹어야지'
소리로 퍼지는 그 냄새가
코끝 찡하게 입맛을 돌린다

한 그릇 더, 말아야겠다

우란분절 盂蘭盆節

나무 내음 천년을 누운 대웅전 안
108 염주를 꺼내 든 남자,

낮춘 손으로 쥔
한 알
한 알

손바닥 끝까지 들어 올려
밤새 또르륵 108번을 우는데

천수관음의 팔들이 토닥였을까

꽃살문 너머 어둠이
자분자분 열리는 새벽처럼
가벼워지고 점점 가벼워지는

관세음보살 나무 관세음보살

손금 안에 연어가 산다

흰 등에 맺힌 소리들 환하게

허공을 두드릴 때

49번째 산문을 나서는, 남자

어른

어른거립니다

오래전이니 과거라 불리는 기억 안에 남아서 추억이라고 해
야 할 일이 어른거립니다

당신이랑 먹던 뚝방길 포장마차 섭 국물이 아직도 따뜻하게
어른거립니다 엄마 몰래 게임 하던 부흥오락실 갤러그 자리의
부자父子 모습이 뿅뿅 신나게 어른거립니다 일 끝나면 가져오시
던 바나나 뭉치의 노란색이 맛있게 어른거립니다 패혈증으로
쓰러져 무의식과 씨름하던 병원의 소독약 냄새들이 욱욱 어른
거립니다 다시 웃음으로 일어나 은빛을 켜고 첫 손주를 업고
서 걷던 명주동 오래된 골목이 어른거립니다 죽음은 처음이라
서툴게 보내드린 아들의 후회가 검게 어른거립니다 끌어안고
울던 큰 산이 흘러내려 작아진 봉분은 저리도 선명한데 꿈속
의 당신은 얼마나 더 있어야 만나게 될지 기약 없이 스치는 시
간만 매일 어른거립니다

여쭙노니 여전히 당신의 손을 잡고서 곁을 맴돌며 눈물 어룽
어룽한 저는, 언제

어른입니까

홍매화

– 엄마 나 졸업 날에 숏커트랑 염색할래
– 그래 새봄맞이로 해보자

바야흐로 빈, 자유로운 계절 안에서
여자들의 대화가 따스한 아지랑이로 핀다

– 투 블럭으로 할까?
– 무슨 색으로 염색하지?
재잘재잘 상상의 세상이 펼쳐지던 시간

오래 자랐던 긴 머리는 겨울 속에 남겨지고
조금은 어색한 투 블럭 청록빛이 도는
자그마한 아이가 눈앞에서 반짝인다

– 아빠 아빠 짧은 머리 안쪽 까끌함이 너무 좋아!
– 무슨 색깔처럼 보여?
– 안쪽은 노란색인데 괜찮지?
오물거리는 입에 발그스레 꽃망울이 맺힌다

손금 안에 연어가 산다

나는 점점 하얘지며 겨울을 바라보고
너는 선명하게 봄으로 가느라 분주하니
따뜻한 계절에 분명 넌 활짝 활짝 웃겠다

그 작은 입 가득 맑은 희망을 물고
어떤 색의 꽃을 피울지 궁금해진 나는
네게서 붉은 물이 든 심장을 두드려
오래도록 널 보고 싶은 욕심을 피우는데

그렁그렁 눈시울 하얀 눈이
홍매화 곁을 맴돌며 봄이 오는 길에 서 있다

가벼워지는 집

저기 썰물 하나

홀로 일어서 문을 나서자
스무 해 밀물이던 집이 흔들렸다

견뎌왔던 뼈대마다 꼭꼭 숨겨둔 흰 발목으로
축축한 배웅에 잠기는 앙상한 엄마와
지도의 뒷면*을 들춰 썰물의 먼 길을 짚어보던
뒤춤 깊숙이 거친 손등 감추는 아빠가
저녁에 건져온 노을로 말없이 붉어지자
'살아진다를 말하면 사라진다'던 우스개가
썰물 꽁무니 쫓아 엉엉 짖던 그날부터
슬그머니 밤이 내려앉아 저녁을 덮어주었다

그냥 바람 한번 분 것처럼**, 무심하게

———————

*   원주 MBC TV 프로그램명.
** 유준상 노래 제목에서 인용.

시간의 무게 없는 많은 밤들이
휑한 방마다 달그락 달-그락
부풀고 이울고 부풀고 이울던

점점 가벼워지는 집, 썰물의 빈자리가 무겁다

양파에게, 혼잣말을 자꾸

어떡해야 너의 중심에 닿을지
널 만난 순간 당황스러웠어

또르르 굴러와 곁이던 넌
앞을 가리는 기쁨으로
불쑥불쑥 아리게 눈을 씻어
맑은 심장을 갖게 했지, 다만

네 안 가득 순수가 자라
꽃으로 둥글게 필 텐데
망설이며 붙잡고 있는 나를
이해해다오

너의 겹겹 모두 궁금해서
웃음으로 눈물 덮는 큰 욕심에
점점 너보다 작아지는 나를, 부디
이해해다오

얘야

유산

무릎 꿇는 시간 감출 수 있거나
간혹 넘어진 울음 숨겨둘 수 있는
골 깊은 언덕 하나 짓고 싶다

어제는 몰랐던 바람에 슬쩍 웃음 지어도
못 본 듯 바삐 지나는 과거들의 걸음을 잡아
오후 5시면 서둘러 해를 지우는 겨울보다
느긋한 온기 두른 봄에 더 오래 발 담그게 하는
품 넓은 언덕 하나 짓고 싶다

아버지 어머니 머무는 저만큼의 높이

그 앞 조그맣게 땅으로 낮아져
청주 한 잔 부어 세상 나온 흔적을 갚고
하늘이 주는 깊은 햇볕에 눈 감아 넓어지는
딱 그만큼 기댄 채 슬그머니

손 닿지 않는,
등 비빌 언덕 하나 지어놓고 싶다

제4부

자아,
아직 아무 일 없어도

돼지가 하늘을 봤던 날이었대요

쓰러진 시선 위 너무 멀리
나는 새가 스러지는 걸 본 적 있지요

땅만 열심히 살던 지렁이 한 마리
물고, 내일을 준비한 가벼움 힘차게
제집으로 날아가던 본새

그 뒷모습의 뒤에 쓰러져 남겨진 채

'쓰러지다'와 '스러지다'의 틈에 갇혀
땅과 하늘 차이만 묻기에도 바빠
비우지 못한 뼈를 가진 사람 '人' 같아서

날 수 없었던 밤에

오래 물어도 오지 않는 새의 대답과
아침이 오기 전 부활하는 지렁이의 땅
사이, 용케도(혹은 아직도)

손금 안에 연어가 산다

'ㅅ' 하나만큼 무거운 나는

허공을 향해 쓰러져 있었지요

죽을 것 같지만 죽지 않아

엘리베이터 수리 중이다
까마득한 계단을 오른다
2층짜리 심장이 허덕인다
죽을 것 같은 나를 대신해
옥상에서 메아리가 외친다

18(층이 아닌 게 어디냐) 18(층도 아닌데 욕을 하냐) 18(층
은 어떻게 오를 거냐) 18(층⋯⋯), 18⋯⋯, 10⋯, ⋯8⋯,

누군가 들었을까?
입을 막아 심장에 숨긴다
5층 도착, 헉헉

안 죽는 일이었다

번호표

죽는 것에는 순서가 없다는데
살아있는 나는 어딜 가도 자꾸
빠른 숫자에 안달 내곤 해

은행으로 식당으로 병원으로
매일 살아가는 나는 자꾸
세상이 내어주는 숫자를 쥐고
발 동동대며 내 차례를 기다리곤 해

꼬깃꼬깃 모아 죽는 날 덮으면
빛바래 사라지는 숫자처럼
나도 그럴 것이 뻔한데도

당장은 살아가는 중이라 자꾸

물고기 공포증

저기, 푸르게 살았던 눈동자
회색으로 굳는 중이다

곡선으로 흐르던 세상 잃고
둥근 지느러미 빼앗긴 채
미늘의 날카로움에 얼어붙어
꼬리까지 직선이 되어간다

　태풍 불던 날이었어

　뒤집히고 깨진 물의 반란을 피해
　평온을 찾아낸 맑은 눈의 바다에서,

　속내 다 비추는 물을 안고
　일렁이는 햇살의 지휘에 빠져
　한껏 연주했던 비늘의 그 바다에서,

　잠시 내 것 아닌 반짝임의 유혹에
　결코 내 것 아닌 춤의 욕심에
　드넓은 방향 잊고 쉬운 길을 찾았을 뿐이야

　　　　　　　　　　　손금 안에 연어가 산다

굳은 눈동자의 이야기가
미늘의 춤 찐득하게 추는 동안

나를 보며 씨–익,
회색의 직선으로 웃고 있는 물고기

달팽이는 유서도 둥글다

등짐조차 둥글려
직선을 마다한 눈물의 깊이로
너의 숨 남김없이 쏟았구나

주어진 시간 얕게만 걷던 나는
용케도 발 헛디뎌, 다행히
너의 둥근 숨에 빠졌구나

뭣이 그리 바쁘냐고
체액의 생명 덜어 쓴
느린 글씨의 유서

금빛의 찬란이거나
동빛처럼 흐릿하지도 못해
달빛 팽팽히 끌어당긴 몸

은은하게 녹인 너의 밤이 성성하여

이제야 구부러지는 것도
사는 일과 다름이 아님을
달빛에 축인 입술의 깊이로
너의 곡선을 읽는구나

벌레를 먹다

사과 한 입 와삭,
베어 먹은 내 안이 달다
한 조각 목숨 물컹 들어온 듯

나보다 먼저 마음 준 누군가
꿀물 흐르듯 꿈틀대며
밥이라도 되어 너를 지켜내고 있다

아, 어쩌면
사는 건 먹음직스러워서
서로를 주고받으며 속 깊이
목숨 건네는 일인지도 모르겠는데

반백 년 내 나이는 와삭,
소리라도 달게 익어가고 있을까

그날의 용기 유전자는 어디 있을까

낮을 찾아 나선 지 수십억 년
빛만 고집하다 먼저 늙은 태양 곁에서
23.5도 기울기로 불시착해
365번들의 떠나지 않은 밤을 견딘
유전자가 있다고 하는데

시간을 나눠 계절을 짓고
바다를 주물러 생명을 빚은 오랫동안
끈질기게 버텨낸 기울어진 각도 그, 아래

밤을 밟던 팔을 들어 올린 투마이*의 용기

그날 드디어
두 발로 선 유전자가
낮을 찾았다는 풍문이 돈 지
700만 년이 흐르고 있는

내 안 어딘가

---

* 투마이(사헬란트로푸스차덴시스): 차드語로 '삶의 희망'이라는 뜻이다. 2001년
중앙아프리카 차드에서 발견된 두개골 화석으로, 이족보행을 했을 것이라고 추정
되는 인류 화석 중에서 가장 오래되었다(약 700만 년 전).

불 집

불火 가득 지고 들어온 절집입니다
눕고 낮추고 또 눕고 낮추다가 떨굽니다
108개의 땀방울 마룻바닥 서쪽으로 흡니다
아미타불의 무릎에 닿았습니다, 뜨겁게

얼른 닦아내던 관광 손수건 안내도는
왜 극락전 가는 길처럼 보이는 것인지요
욕심이 또 눈을 뜬 거겠지요, 뜨거워서

맑은 풍경 소리 아래 앉아
노을 식는 저녁같이 눈을 감습니다

잠시 불燈을 끄고 합장을 하는데

삼천 번 더 낮추라는 것인지
이번 생은 안 되겠구나 하는 것인지
쯧
쯧

손금 안에 연어가 산다

불佛 집 삼 년 살이 똥개님이

발을 핥습니다, 차갑게

거미[*] 눈 피하기

고독한 현장에 와 있습니다

오늘도 여전히
저 살 공간만 줄 몇 가닥 걸고 나머지는 모두 바람에게 건네
며 고독을 뽐냅니다
간혹 지나던 꽃잎이며 구름이며 햇살 가득 드나들라는 듯
숭숭 창문도 만들어 놓습니다
오가는 것들에게 보채지도 않고 바람 곁에서 여덟 개의 고
독이 오독오독 세상을 읽고 있습니다

드넓은 우주를 버리고 욕심도 없이 딱
지구만큼의 하늘 푸르게 덮고서
가끔 흐르는 빗방울 몇 개만 챙겨
허공 한켠 바람의 방을 지나온,

여덟 개의 고독이 새 줄을 걸어 촘촘히 시간을 엮는 동안
아무것도 모르는 바람은 낡은 줄 끊기 놀이에 펑펑 정신없이
빠져있습니다

---

* 대부분의 거미는 8개의 홑눈을 가진다.

손금 안에 연어가 산다

저는 두 개뿐인 고독으로
줄도 바람도 빗물도 보고 간혹 지나던 꽃잎이며 구름이며 햇살 가득한
창문 안을 몰래 뒤적이는 중입니다

저만치 여덟 개의 고독, 웃으며 줄줄이 다가오고 있습니다만

아직까지는 잘 피하고 있으니 걱정 안 하셔도 됩니다

새벽시장에서 해를 또 샀어

왜 또, 해를 잃어버린 나는
남대천 둔치에 갔었던 걸까?

거친 돌부리에 걸린 푸름을 캐며
산 들녘 훑던 흙 묻은 손과
휘청이면서도 바다를 당기며
파도를 묻힌 물 젖은 손이
옹기종기 어둠과 함께 있었어

대관령 배추 옆에선 마늘이 고추랑 놀고
노르웨이에서 오느라 피곤한 고등어는
온몸으로 짭조름하게 누워있는데
두부만 사서 가겠다던 노부부 걸음 따라
달랑대는 검정 봉지 안에서 노릇노릇
갓 구운 슈크림 빵이 혀를 쏙 내미는 통에
어둑했던 내가 그만, 씩 웃어버렸지 뭐야

다시 집으로 돌아갈 걸음 전까지
세상을 먼저 깨운 손들
와자지껄 소리를 주고받으며
서로를 어루만지는 동안

밥상이 따뜻해지는 일
혹은 내일이 든든해지는 일
그리하여 하루마다 웃어보는 일
새벽의 얼굴로 만난 저마다의 일들이
바쁜 흥정 오가며 환해져서였을까

어둠이 고맙다고 새 해를 판다길래

냉큼 샀더니 글쎄 어디선가 희미하게
공짜인데 공짜인데 달달 웃는 거 있지

나 또, 내일 와? 말아?

깨진 거울을 보며

어제가 깨진 오늘이
용케 붙어있습니다
온몸을 투신해 깨운 소리
쨍, 눈부신 하늘을 부숩니다
지나던 참새 부리에
아등바등 벌레가 울고
그 뒤로 구름이 하얗습니다

어제처럼 오늘 또
시간이 허공을 가르겠지만
깨진 거울의 틈마다
삐딱하게 서서 나는, 그래도
스물네 번쯤 실금실금
웃겠습니다

푸릉 비상구

푸른빛의 비상구,
살 수 있는 방법이 저기 있을까?
눈동자 푸르도록 바라보았지

빨간 EXIT는 왠지 위험해

하늘이 무너져도 솟아날 수 있게
밤낮없이 켜져 있어야 하는 거라서
쳐다보지도 않는 바쁜 걸음들
최소 한 번은 허겁지겁 찾아올까 봐
세상의 무시를 무시하며 언제나
비상구는 푸른빛

빨간빛은 왠지 위험하다니까

푸른 푸른 하다가 푸릉 푸릉 날도록
붕 뜬 속내로 너스레를 펼치면
하늘로 맘껏 비상할 수도 있는 일

날개를 접지 마!
아직 아무 일 없어도,

보

가위바위보!

살다가 선택의 순간이 오면 너와 혹은 나와
마음 다해 손을 내밀어
누구도 반박 않는 결정의 힘을 인정하는 일

서로를 숨기던
살피다 앞에 보를 붙이면 한결 보드라워지는 것처럼
보는 일에 정성을 쏟아
다 읽어낼 듯 열어젖힌 눈동자가
시신경을 가슴 어딘가 연결시켜 한없이 품을 넓히는 일

햇볕 가득 담긴 네모난 돌 위에 앉는 날들을
보
ㅁ, 이라 부르기도 한다는데

그 모든 게 보로 시작된 따뜻한 일 같아서

뾰족하게 내민 너의 가위에 찔려도
묵묵하게 내민 너의 바위를 품고서
길게 오므린 입술 활짝

보 보 보!

마지막 욕심

이보시게, 나
갈 곳이 생겼다네

꼭 마지막에 가야 한다니
뒷배를 가진 든든함처럼
사는 일이 덤 같지 뭔가

혹여나 그때
울음 사이에 누웠다면
늙은 주름 펴서 방금 태어난 듯
흰 꽃 냄새 환히 남겨 놓고 싶은
마지막 욕심 가능할지 모르겠네만

몇 번이나 지나쳐 왔는지
얼마나 남았는지 알 수 없어도
반드시 가야만 될 나의 일이라서

거창한 소명같이 꼭 쥐었다가
이 별에서 얻은 오랜 숨
희게 희게 흩뿌릴 수 있는
그때라면 참 좋겠네

손금 안에 연어가 산다

이별은 선암사로 향할 이유 같다던
어느 시인의 말씀이 박힌 가슴에
꽃 지듯 다한 사랑* 품고서
깊숙할 어둠쯤을 지나
한 번은 꼭 가야 할 곳이라는데

다 안다는 그 비밀을

이제야 알아낸 내 용기에
박수 한번 줄 수 있겠는가?

---

* 김용태 시인의 '꽃 지듯 사랑도 다해'를 읽고서.

속수무책 速手無冊 *

빠르게 문지르는 손가락
세상을 읽는다, 책도 없이

난무하는 기술

무명의 문장 몇 줄 힘겹게 얻어
읽어달라는 소리까지 두껍게 씌웠건만
유명이 되지 못해 쫓겨난 책의 비명
냄비 아래서 뜨겁다

속수무책과 속수무책인 채로

또

책잡힐 문장 캐내던 손
슬그머니 비명의 입을 틀어막는다

---

* 속수무책(速手無冊) 빠를 속/손 수/없을 무/책 책
속수무책(束手無策) 묶을 속/손 수/없을 무/꾀 책: 손을 묶인 것처럼 어찌할 수 없
이 꼼짝 못 함.

손금 안에 연어가 산다

시다

냉장고를 정리하다
덜 닫혀있던 김치통을 열어
쭈욱 찢어 먹는다, 시다

다급했을 숙성이 빨갛게만 솟아
발효의 완성 전에 이미, 시다

묵은지보다 얕은 그 맛

묵묵하지도 않고
조급하게 꺼내놓다
눈 감고 부르르 떨며 알게 된

내, 시다

조미료

매번 짓고 보면
감질이 나

톡

·

당신 가슴쯤 잠기는
점 하나 떨궈

감칠맛 나는
시 한 편
우러나면 좋겠다

손금 안에 연어가 산다

손금 안에 연어가 산다

꿈이었을까

흰빛 튀어 오르는 강변에서
물이 멈췄다 흐르도록
나는 가끔
연어를 보았던 어릴 적이 된다

돌아갈 곳 있음의 다행과
그곳에서의 죽음이 두려워
붉어진 몸으로 뒤엉킨
나는 점점
옆구리 희미해지는 연어가 된다

선, 이미 손에 꼭 쥐고
빈, 옆구리 쓰다듬으며
긴, 시간 숨을 쉬었던가?

부레에서 허파로 허겁지겁
죽다가 살고 또 살고 그동안
나는 힘껏

사는 일이 꿈같은

손금을 거슬러 오르다가

깬다

손금 안에 연어가 산다

핏줄의 인연, 물의 집에서 불의 집으로 향하는 슬픔의 여정

- 심승혁 시집 '손금 안에 연어가 산다'를 읽고

김남권(시인, 문화예술창작아카데미 대표)

핏줄의 인연, 물의 집에서 불의 집으로 향하는 슬픔의 여정

― 심승혁 시집 '손금 안에 연어가 산다'를 읽고

김남권(시인·문화예술창작아카데미 대표)

시인의 언어는 생명의 숨결을 품고 있어야 한다. 시를 쓰는 사람의 숨결뿐만 아니라 살아있는 모든 생명의 언어를 기억해야 하고, 살아있는 모든 생명의 체온을 보듬어야 한다. 모름지기 시인은 위선과 자만, 이기적인 관념에서 벗어나 솔직하고 따뜻한 정신을 길러야 한다.

백두대간의 중추 대관령 자락에 깃들어 살며 동해 바다의 망망대해 수평선과 천평선天平線을 가슴에 품고 사는 강릉 사람, 심승혁은 모천회귀의 언어를 불러와 '손금 안에 연어가 산다'고 그의 가슴에 품고 있는 생명의 언어를 시로 풀어 놓았다. 투박하게 툭툭 던지는 현실의 문장들을 통해 자유로운 언어의 경계를 넘나들고 있다.

시를 쓴다는 것은 언어의 미학적 감각을 살려 운율감 있는

문장을 창조하는 일이다. 시의 본질인 비유 상징 이미지의 경
계를 넘어선 알레고리와 메타포로 이어지는 영감과 이야기,
비유가 어우러져 완벽한 주제의식을 보여주고 공감과 감동을
이끌어 내야 하는 것이다. 시의 영원한 숙제인 낯설게 하기도
이러한 과정을 무한 반복하며 끊임없는 문장 수련과 사유의
과정을 통해서 한 송이 꽃으로 피어나는 것이다. 이러한 낯설
게 하기를 하지 않은 시는 쉽게 색다른 감동을 주기 힘들다.
새로운 발상이나 상상이 자신의 기억 속 이야기와 만나 정서
적 파장과 여운을 남기게 될 때 낯선 시가 익숙하게 다가오
고, 낯선 듯 익숙한 감동을 전달하게 된다.

   그리고 시는 시인의 따뜻한 심상이 그대로 화자를 통해 투
영되기 때문에 어떠한 경우라도 다른 사람의 이야기가 될 수
없다. 저항시가 되었든, 노동시가 되었든, 서정시가 되었든 온
몸으로 세상의 흔적을 겪은 뜨거운 혈류가 자음과 모음의 행
간을 흐르고 있어야 한다.

   이모, 이모,
   분명 엄마와는 닮지 않은 사람들

   부른다, 가까워진다

   - 지난번에 보니 총각김치 잘 먹던데 더 먹어

- 어이구 이모야, 그럼 공깃밥 하나 더!

엄마 밥 굶었던 시간 잠시 잊고

백반집 가득 핏줄이 엉킨다

―「이상한 이모들」 전문

단일 민족의 핏줄이 어디 간들 다르게 느껴질 수 있겠는가. 하물며 단골 밥집에서 어머니 같은 여자가 만들어 준 밥을 먹는 일은 밥情이 들어간다는 뜻이다. 자연요리사 임지호는 전국을 유람하며 들판에서 나는 모든 재료로 만나는 사람들에게 극진하게 밥을 지어 대접하며 밥정情이 곧 사람 사는 이치이자 사랑의 완성이라는 메시지를 남기고 얼마 전 지리산 자락 아흔이 넘은 한 할머니의 마지막 밥상을 혼을 불살라 차려 주고 그 자신도 그 영혼을 따라갔다. 돈이 되든 안 되든 자신을 불러 주는 것이 고마워 어디든 달려가 밥정情을 나누었던 사람, 우리는 그를 진짜 요리사라고 부른다. 심승혁은 단골 밥집 이모가 차려 주는 밥을 먹으며 시의 살이 쪘다. 한두 번 차려 준 밥상이 아니기에 식성까지 알고 있다. 그 밥집에서 먹는 밥은 정이 들기 위한 행위이자 진짜 핏줄로 연결되기 위한 사람 사는 기쁨을 누리는 일이다. 엄마가 돌아가시고 자신도 앞으로 계속 먹어야 할 그 밥집의 이모가 차려 주는 밥은 가장 힘들고 지칠 때 먹으면 힘이 나는 그런 보약이다. 시가 일상의 발견이라는 점에서 심승혁의 시는 가장 적확한 언어의 모티브를 만들고 있는 것이다.

무엇을 적어도 좋은 날이었을 테지
INFJ라든가 어머니 끝내…라든가 5월 21일은 당신을 만난 날이라든가 비가 많아서 젖었어 같은 자백이라든가

시간으로 파놓은 고랑에 빗소리 졸졸 쌓여 잔뜩 흘러도 좋을,
없어도 상관없지만 있으면 왠지 든든한,
지난 기록의 바랜 비고란으로 과거를 한 번 더 읽으면

생각이 아무리 비로 씻겨도 지워지지 않는 문신처럼,
점점 희게 지워지는 기억 위에 검게 그을린 필체처럼,
내일쯤에 지금들을 비워내지 않도록,
비 오는 날을 굳이 기다려 고랑 하나씩에(잊는 일은 없을 만큼만) 채우고 싶기도 하지

훗날 혹여,
잊음에 매몰된 아우성들을 줄-줄-이 찾아 듣길 바라면서
무엇을 읽어도 좋은 날이 되도록 말이지

— 「비, 고란」 전문

직장생활을 하는 사람들이나 보고서나 서류의 양식을 채워야 하는 사람들에게 가장 난감한 부분이 '비고란'이다. 여러 개의 항목을 만들고 꼭 맨 나중에 깍두기처럼 빈칸으로 남겨두는 '비고란'은 보고가 끝나고 일이 끝나도 여전히 빈칸으로 남겨두는 일이 대부분이다. 그런데 왜 굳이 비고란을 만들어 서류를 받아 드는 사람마다 고민하게 만드는 것일까?

무엇을 써야 할까 망설이다가 쓸데없는 낙서를 하거나 강의하는 사람 흉을 보거나 가끔씩은 관련된 정보를 써넣기도 하는, 그런데 화자는 '비, 고란'이라는 쉼표 하나를 사이에 여백으로 남겨두면서 숨통을 트이게 하고 중의적 표현을 끌어내고 있다. 비가 내리는 것도 비가 내려서 모이는 것도 어딘가로 흘러야 하는 고랑이 반드시 필요하다. 그 여백을 만들어주고 틈을 만들어 주는 것은 흐르게 하고 스며들게 하고 어우러지게 하는 또 하나의 핏줄을 이어주는 일이다. '비고란'이 '비, 고란'으로 되는 순간 여백에서 여운으로 전환되어 여백과 여운을 잇는 틈이 되는 것이다. 시인은 그리하여 사람과 사람 사이의 틈을 만들어 쉼표를 찍어 주고 마음이 어우러지게 하는 치유의 능력을 가지고 있어야 하는 것이다.

흔들리는 일이다
꺼지기 직전까지 울 일이다

손금 안에 연어가 산다

침묵하는 어둠
다 열리도록
곧은 심지 환히 태워
검게 남기고 갈 일이다

다행이라면,

눈물 식는
틈 사이-사이
몇 번은 뜨거웠던 일이다

－「촛불」 전문

  조선 시대 전기 문인 이개(호는 백옥헌)는 세종 때 집현전
학자로 일하며 훈민정음을 창제하는 데 기여한 인물이다. 사
육신의 한 사람으로 성삼문 등과 함께 단종 복위를 논의하
다 발각되어 고문 끝에 처형당하는 비운을 겪었지만 그가 남
긴 '촛불'이라는 시는 "방안에 켜 있는 촛불은 누구와 이별하
였기에 겉으로 눈물 흘리면서 속이 타들어 가는 줄도 모르
는가, 저 촛불도 나와 같아서 속이 타는 줄 모르나 보구나"
하면서 어린 임금에 대한 눈물짓는 마음을 절절하게 표현하
고 있다. 작은 바람에도 흔들리지만 쉽사리 꺼지지 않는 것
이 촛불이다. 심지는 침묵하면서도 속이 타들어 가면서도 주

변을 밝히는 희망이 된다. 눈물이 식기 전 촛불은 타고 남은 촛농이 다시 촛불이 될 것이다. 세월호가 침몰해 삼백여 명의 어린 목숨들이 희생되었을 때 광화문에 모인 백만 명의 시민들을 향해 사과와 반성은커녕, 촛불은 바람이 불면 곧 꺼진다는 막말을 했다가 오히려 촛불이 횃불로 번져 자리에서 쫓겨난 사람들은 촛불의 진정한 의미조차 깨닫지 못했을 것이다. 우리는 촛불이 켜 있는 시간을 바라보는 일도 중요하지만 눈물이 식었다고 촛불이 간직한 온도를 잊어서는 안 될 것이다. 심승혁은 그 촛불의 온도를 기억하고자 하는 침묵하는 어둠을 화두로 던져 놓은 것이다.

펄펄 나는 저 꽃잎들
땅 깊이 숨겨둔 뿌리의 말을
고자질 중이다

몰래 쥐어본 소리
시렸던 손끝을 녹여
온몸으로 촉촉 흐르면
난분분해진 아지랑이에
아차차,

꽃 뿔이 돋겠다

– 「꽃 뿔」 전문

꽃잎이 난분분 날릴 때쯤이면 우리는 고뿔을 앓는다. 그 이유가 '꽃 뿔'이 돋았기 때문이란 걸 심승혁의 시를 통해서 깨닫게 되었다. 그 꽃잎들 바람에 날리기 시작하면 뿌리의 말을 고자질하면서 시시덕거렸을 꽃잎의 표정이 공감각적 언어 유희로 재미와 상상력을 전해준다.

"몰래 쥐어본 소리/시렸던 손끝을 녹여/온몸으로 촉촉 흐르면/난분분해진 아지랑이에/아차차,//꽃 뿔이 돋겠다" 소리를 쥐어볼 수 있다면, 아마도 꽃잎의 향기가 느껴지지 않을까? 그 소리가 손바닥에서 녹아 몸속으로 젖어들면 아지랑이처럼 나른해지고 머리에는 꽃나무처럼 꽃 뿔이 돋아나 봄날의 표정을 읽히고 말 것이다. 몸속으로부터 꽃잎이 터지고 꽃비가 내리는 걸 보고 나면 어쩔 수 없이 고뿔이 들 수밖에 없을 심정을 해마다 봄이 되면 기꺼이 앓고 마는 사람이라야 진짜 시인이 아닐까?

푸른 생의 끝까지
마지막 한 발짝

동동 발 구름에
뜨거워지는 순간

들숨으로, 흡

노을 한 움큼 옅어지고
숨 빛 한 모금 깊어져

빨간 생의 불멸
핏줄마다 다시 핀다

– 「단풍」 전문

봄에 고뿔 든 영혼은 가을에 가장 먼저 단풍이 들어 홍역을 앓을 것이다. 푸르게 시린 생을 살다가 "들숨으로 흡,/노을 한 움큼 옅어지"는 순간 "숨 빛 한 모금 깊어져//빨간 생의 불멸/핏줄마다 다시 피"는 순간, 생은 단풍이라는 적멸에 들게 되는 것이다. 이제 곧 낙엽이 되어 핏줄을 떠나야 하는 순간 가장 붉게 타올라 한 줌 미련 없이 불멸의 절정을 보여주는 단풍의 생을 뭐라고 불러야 하나, 노을빛 한 움큼만도 못한 인간의 생은 어떤 빛으로 물들다 져야 하는가? 들숨으로 한 번 흡, 들이마시고 내뱉지 말아야 하는가? 단풍은 들숨보다 날숨에 더 익숙해져서 저리 한 생을 보내고도 초연해질수 있는 것이다. 그 찰나의 순간에 적멸에 든 시인은 화자의 감정에 깊숙이 개입해 자신의 모습을 초월하고 있다.

바깥들이 가파르게 깎이는 날

쏟아지던 당신의 흰 발자국이 검은 밤을 푹푹 찌르길래 굳은 손 펄펄 흔들며 세상 가장 조용히 귀를 녹여 소리마저 언, 밤을 얻어냈는데

오후로 익은 볕이 따뜻해서였을까

흰 밤의 파편에 축축해진 아침, 가뒀던 소리 조각들 줄줄 눈에서 빠져나와 태양 가까이 반짝이는 오후에 도착했던 그날이 희미하도록 멀어진 동안 귀 안에 넣어둔 말들 무뎌진 바깥 가득 부스스 떨어져 소리 없는 바람 희게 쓸고 간 횅한 시간에
눈 감은 나는 서서

'당신을 두드리면 어떤 소리가 날까?'

시리디시린 귀를 쫑긋거렸네 또,
혼자 검게 허공을 두드렸네

— 「겨울을 건너는 중」 전문

계절을 지나간다는 건, 시간과 공간의 사이를 건넌다는 의미가 담겨 있을 것이다. "당신을 두드리면 어떤 소리가 날

까?" 허공을 두드려 보고 그 허공을 만져 본다. 귀를 쫑긋 세우고, 바람이 한바탕 쓸고 지나간 시간에, 눈 감은 채로 서서 그 시간과 공간의 사이를 온몸으로 느껴본 사람은 안다. 겨울에서 봄으로 오는 시간, 꽃샘바람이 불고 허공이 하나둘씩 꽃잎으로 채워지는 동안 텅 빈 허공을 햇볕으로 채우고 밤을 새워 지나가는 발걸음 소리에 귀를 기울인다. 여전히 '시리디시린 귀는' 쫑긋 세우고 혼자 검은 허공을 응시하며 시간이 계절을 지나가도록 응시한다. 시적 화자가 건너가야 하는 시간은 자신만의 어둠일 것이다. 그 내면에는 화자의 감정에 기대 있는 겉으로 드러낼 수 없는 시인의 슬픔이 잠재되어 있다. 아무도 대답해 주지 않는 허공을 두드리며….

꽃 피는 동백섬에 봄이 왔을까

그 섬 한번 못 가본 남자
동백 시만 몇 편째다

숨죽여 읽던 소리
동백 동백 쌓여
섬이 된 줄도 모르고

아직 먼 봄이라며

　　　　　　　손금 안에 연어가 산다

오늘도 먼 봄이라며

꽃 피는 동백섬에 봄이 왔을까

추운 노래 붉게 우는 섬 위로
동박새, 희고 둥근 눈웃음을 앉힌다

－「동백, 섬」 전문

다시 핏줄이다. 핏줄이 뿌리 깊숙이 당긴다. 봄이 오길 기다리며 가보지도 않은 동백섬을 그리워하며 붉게 피어나 뚝 뚝 모가지가 떨어져 나가 길가에 사정없이 떨어져 밟히고 마는, 그 꽃으로 이름을 삼고 있는 그곳은 심승혁의 피안이다. 겨울이라는 계절을 건너오느라 어두운 침묵을 혼자 견디고 아무도 대답해 주지 않는 허공을 향해 '흡' 들숨을 들이켰던 화자는 드디어 동박새로 환생해 희고 둥근 눈웃음으로 '동백 동백' 쌓인 그리움을 환치시킨다.

시인은 모두 슬픔의 전령사이다. 자신의 슬픔을 시로 드러내 놓고 누군가가 다가와 툭 건드려서 그 슬픔을 눈물로 변환시켜주길 은근히 기다리며 즐기는 사람들이다. 그래서 슬픔이 없는 사람은 시를 쓸 수 없다. 시는 슬픔과 상처가 질료가 되기 때문이다. 흰 눈이 소복이 쌓인 동백꽃 핀 길을 걸어가 보라. 시를 쓰게 된 참 걸 다행이라고 생각하게 될 것이다.

보험금을 신청했다
며칠 동안 지급되지 않는 상황,
항의를 했다

- 왜 지급이 안 되는 거죠?
- 한의원 외래 치료비는 보상 제외입니다.
- 한의원 아닌데요?
- ○한의원이라고 되어있습니다.
- 일반 내과 ○한 의원인데요?
- … 바로 지급하겠습니다.

띄어쓰기 하나로 달라진 상황,
아버지 가방에 들어가셨다던 말이 차올랐다

어디에 계시든 아버지만 볼 수 있으면 좋겠는데 울컥,
항의 한번 받아줄 저 너머 전화번호가 궁금해졌다

— 「띄어쓰기」 전문

핏줄에서 연결되는 여백이 다시 등장한다. 살아가는 일도
띄어쓰기가 필요하다. 시를 쓰는 일도 삶의 여백을 만드는 일
이다. 뒤를 돌아볼 새도 없이 살아오다가 어느 날 덜컥, 아버
지가 죽고 어머니가 죽고 사랑하는 사람들이 하나둘 곁을 떠

나가게 될 때 물리적인 휴일을 만들고 스스로의 정신에 틈을 만든다. 그리고 생각한다. 무엇 때문에 누구를 위해 이렇게 살아가고 있는 것인가? 하고 존재론적인 질문을 하고 삶의 방향을 바꾸기도 하고 또다시 현실에 몰입해 똑같은 일상을 반복하기도 한다. 문장을 쓰다 보면 띄어쓰기가 글의 숨통이자 감정의 핏줄이다. 이런 순간을 통해 자신의 존재를 바라보고 삶의 방식을 돌아보고 스스로 살아갈 희망의 틈을 생각하게 된다. 심승혁은 자신의 문장 안에서 이런 틈이 필요했을 것이다. 아니 아직도 그 틈에 머물고 싶은 것이다.

마지막 한 조각까지 구름을 뜯어 땅으로 던지던 비의 팔매질처럼
뜨거운 입김 무색하게 찬 이별을 말하던 배반의 날 선 눈빛처럼
홍수로 희번득 지붕까지 뛰어오른 황소의 경직된 뿔처럼
황토물에 쓸려온 부러진 나무의 날카로운 가지 끝처럼

슬퍼지기 전
세상은 빳빳해진다는 것을 알게 된 날이 있었다

어둑했던 동네 오래된 구석을 틈타
아침에 쏘아 올린 거미의 첫 줄에 재개발 소식이 시끌벅적 붙은 후
레미콘의 쉼 없이 구르는 시멘트 동그랗게 흘러들어
집 한 채 따뜻하게 세워지자

은발이 빛나던 아버지의 환한 담뱃불은
저녁 아랫목 빨간 화인처럼 피어났다

꺼지지 않을 것 같았던 그 빨강, 빨강이던 아버지 끝내
마지막 몸으로 숨 한 가닥
빳빳하게 쥐여 주고 가셨던 검은 그날

초록이 무성하던 대문을 건너
다 태운 온몸으로 홀로 남겨진 꽁초 불이
세상 슬픈 것들의 끝을 빨갛게 당기고 있었다

―「세상 슬픈 것들의 끝은 빳빳하다」 전문

아버지의 빨강은 슬픔의 기억이다. 그 슬픈 리트머스는 빳빳한 끝이 기억의 입술을 단단하게 물고 세상을 꽁초 불처럼 태우고 있다. "마지막 한 조각까지 구름을 뜯어 땅으로 던지던 비의 팔매질처럼/뜨거운 입김 무색하게 찬 이별을 말하던 배반의 날 선 눈빛처럼/홍수로 희번득 지붕까지 뛰어오른 황소의 경직된 뿔처럼/황톳물에 쓸려온 부러진 나무의 날카로운 가지 끝처럼" 아버지의 화인은 이미 심장 가장 깊은 곳에 각인이 된 지 오래다. 핏줄로 연결되는 두 개의 줄기 중 가장 오른쪽에서 자신을 지켜보았던 유전자의 원천에서 이제는 더 이상 풀어질 수 없는 기억으로 굳어 버린 그 빨강이 화자의

내면을 응시하고 있는 것이다.

엄마가 전화를 받지 않는다
집은 문이 걸렸고
열쇠는 바보같이 안 가져왔고
동생은 가게 일로 바쁘다 하고
친구분은 노래교실에서 신나시고
아지트에는 안 오셨다는데
왜 오늘따라 하늘은 노란 건지
왜 오늘따라 미세먼지는 심한 건지
대체 엄마는 이 날씨에 어디 숨으셨나
한숨이 안개보다 짙어질 때쯤
전화기에 모친이라고 떠오른다
새해 일출도 이보다 환하진 않겠다
새까만 투정을 열심히 쏟아내는데
깨끗하게 찰랑이는 엄마 목소리
– 나 목욕탕에 있었다

휴, 목욕탕 번호도 저장해야겠다

–「안심」 전문

핏줄을 확인시켜 주는 화자의 각인은 '안심'에서 또 한 번 존재의 의미를 인식시켜 준다.

화자는 어머니의 동선을 따라가고, 어머니는 목욕탕에서 아무 일 없이 목욕을 끝내고 나와 태연하게 전화를 받고, 화자는 열심히 투정을 쏟아내다가 어머니가 가는 모든 노선을 기억 속에 저장해 둔다. 마치 어릴 적 자신이 가는 곳마다 체크를 하며 제시간에 나타나지 않으면 잔소리를 하던 어머니가 하던 그 일을 그대로 따라 하고 있는 것이다. 핏줄로 연결된 관계는 결국 '안심'을 담보로 평생 동안 서로를 확인하는 사이인 것이다. 그렇게 가을 하늘과 바다가 같은 빛깔로 빛나듯이 수평선과 천평선이 맞닿아 같은 이야기를 나누는 것이다.

밤 깊은 닭목령
새끼 고라니에 놀라
급하게 핸들을 꺾었다
퉁, 슬픈 소리
깨진 전조등에 의지해
차부터 살피고서야 걱정이 됐다
작고 가벼운 심장으로 잘 뛰어갔을까
어둠뿐인 숲에 귀를 대다가
풀 소리의 고요에 갇혔다
살아있(어야 한)다 살아있(어야 한)다
후우, 내 숨만 크게 들렸다

엄마가 쓰러졌다
고통뿐인 시간 진통제로 재워드리고
숨소리 새근새근 고요를 듣다가
퉁, 새끼 고라니가 떠올랐다

후우, 다 내 죄 같다

—「죄」 전문

강원도 산골에서 산길을 운전해 본 사람들은 안다. 시도 때도 없이 뛰쳐나오는 고라니, 오소리, 멧돼지, 등등 산 짐승들이 도로를 따라 이동하다가 수없이 로드킬의 희생양이 되는 현상을 발견하게 된다. 아슬아슬하게 자동차의 곁을 스쳐 지나가기도 하고, 자동차와 충돌하고도 놀라서 뛰어 달아나는 경우를 자주 본다. 화자는 새끼 고라니와 충돌한 순간 제발 살아만 있어라, 아니 살아있어야 한다는 간절한 염원을 호소하고 있다. 그리고 어머니가 쿵, 하고 쓰러졌다. 핏줄의 가장 큰 인연의 고리가 느슨해진 것이다. 그리고 그 모든 것이 자신의 죄라고 고백한다. 시의 알레고리는 이렇게 절체절명의 순간에 이입되어 등장하는 것이다. 알레고리가 A에서 B로 이동할 때 시는 긴장과 공감의 카테고리로 우리를 행복한 상상의 세계로 이끌어 시를 읽는 감정이 무엇인지 깨닫게 한다.

결국 가셨네

아버지 없어
물로 채웠던 이십여 년
혼자 울고 몰래 떨며
깊숙이 가라앉으시더니
어머니도 가셨네

아제 아제 바라아제
흰나비 꽃잎 부푼
자리마다 노래로 울면
덩더꿍 흰 춤 마다치 않고
주룩 주르륵
몸짓 눅눅해지도록
어허야 어허야 지피시던
온몸 가득 불을 지니고
물속으로 가셨네

아버지 묵묵히
누워 기다린 자리 곁
늦게 도착하여 미안하신지
불덩이 한 줌 쥐고
저 안으로 끝내 가셨네

　　　　　　　　손금 안에 연어가 산다

아제 아제 바라아제
그래그래 그곳에서
한 번 더 뜨거우시구려

물로 가득했던 저 집
불이라도 나면 어쩌나 싶어

하루 몇 번씩 넘겨다보는
모른 척 조용한 내 안으로
어허야 물집이 터지네

– 「물 집」 전문

핏줄로 연결된 모든 길이 끊겼다. 백 년도 안 되는 세월 동안 살아남았던 물집이 터지고 불의 집이 되었다. 그리고 마지막 주문을 외운다. '아제아제 바라아제 바라승아제 모지 사바하' 반야심경의 마지막 구절을 외우며 '가자 가자, 저 피안의 세계로 가자, 모두 함께 저 피안의 세계로 가자, 오 깨달음이여, 축복이어라' 하고 천도의 주문을 외우는 것이다.

얼마 있으면 두 분의 핏줄이 기다리는 곳으로 향할 지상의 물집 하나는 아버지 어머니가 물집을 터뜨렸던 불의 집을 향해 서슴없이 발걸음을 내디뎌야 할 것이다. 핏줄은 그렇게 연기법의 굴레로 순환되고 집이 완성되기도 하고 터지기도 하는 것이다.

심승혁의 시가 인연의 고리로 예사롭지 않은 이유는 색즉시공, 공즉시색의 경지를 시편 곳곳에서 보여주고 있다는 사실이다.

어른거립니다

오래전이니 과거라 불리는 기억 안에 남아서 추억이라고 해야 할 일이 어른거립니다

당신이랑 먹던 뚝방길 포장마차 섭 국물이 아직도 따뜻하게 어른거립니다 엄마 몰래 게임하던 부흥오락실 갤러그 자리의 부자父子 모습이 뿅뿅 신나게 어른거립니다 일 끝나면 가져오시던 바나나 뭉치의 노란색이 맛있게 어른거립니다 패혈증으로 쓰러져 무의식과 씨름하던 병원의 소독약 냄새들이 욱욱 어른거립니다 다시 웃음으로 일어나 은빛을 켜고 첫 손주를 업고서 걷던 명주동 오래된 골목이 어른거립니다 죽음은 처음이라 서툴게 보내드린 아들의 후회가 검게 어른거립니다 끌어안고 울던 큰 산이 흘러내려 작아진 봉분은 저리도 선명한데 꿈속의 당신은 얼마나 더 있어야 만나게 될지 기약 없이 스치는 시간만 매일 어른거립니다

여쭙노니 여전히 당신의 손을 잡고서 곁을 맴돌며 눈물 어룽어룽한 저는, 언제

어른입니까

– 「어른」 전문

   물리적으로 어른이 된다는 건, 국가에서 정해 놓은 미성년 자를 벗어난 시점을 말하지만 정신적인 어른이 되는 시기는 사람마다 다르다. 아니 죽을 때까지 어른이 되지 못하고 다른 사람들이 사는 곳만 미성숙하게 어른거리다가 죽는 사람도 허다하다.

   우리는 누군가의 가슴에 어른거리는 때가 내가 가장 아름다운 사람으로 기억되는 때라고 생각한다. 아무에게도 어른거리지 않는 존재란 존재의 의미를 이미 상실한 인간이기 때문이다.

   이 말은 다른 의미로 해석한다면 끊임없이 어른거리며 그리워하고 보고 싶고 사랑할 수밖에 없는 존재가 어른이라는 말로 정의될 수 있을 것이다.

   - 엄마 나 졸업 날에 숏커트랑 염색할래
   - 그래 새봄맞이로 해보자

   바야흐로 빈, 자유로운 계절 안에서
   여자들의 대화가 따스한 아지랑이로 핀다

– 투 블럭으로 할까?
– 무슨 색으로 염색하지?
재잘재잘 상상의 세상이 펼쳐지던 시간

오래 자랐던 긴 머리는 거울 속에 남겨지고
조금은 어색한 투 블럭 청록빛이 도는
자그마한 아이가 눈앞에서 반짝인다

– 아빠 아빠 짧은 머리 안쪽 까끌함이 너무 좋아!
– 무슨 색깔처럼 보여?
– 안쪽은 노란색인데 괜찮지?
오물거리는 입에 발그스레 꽃망울이 맺힌다

나는 점점 하얘지며 거울을 바라보고
너는 선명하게 봄으로 가느라 분주하니
따뜻한 계절에 분명 넌 활짝 활짝 웃겠다

그 작은 입 가득 맑은 희망을 물고
어떤 색의 꽃을 피울지 궁금해진 나는
네게서 붉은 물이 든 심장을 두드려
오래도록 널 보고 싶은 욕심을 피우는데

그렁그렁 눈시울 하얀 눈이
홍매화 곁을 맴돌며 봄이 오는 길에 서 있다

–「홍매화」 전문

손금 안에 연어가 산다

어린 딸의 붉은 입술에는 언제나 홍매화가 한창이다. 겨울이 와도 봄이고 여름이 지나도 다시 봄이다. 그 작고 귀여운 입술로 오물거리는 말을 하고 오물거리다가 활짝 치아를 내보이며 웃는 순간, 꽃잎은 활짝 세상 가득 환해진다. 가끔 꽃잎 가득 이슬이 맺힐 때도 있지만 아버지라는 이름의 남자는 그런 순간마저도 홍매화의 절정을 보는 것이다. 그런 순간들이 하루하루 성숙해져서 희망의 물을 들이고 자기만의 빛깔을 찾아가다가 흰 눈이 내리고 물의 집이 말라갈 때가 되더라도 아버지의 가슴엔 늘 홍매화 한 송이가 피어나 어두운 침묵 속을 밝혀줄 것이다. 딸이라는 상상의 세상은 언제나 그렇게 대낮의 별빛처럼 다가오는 것이다.

　　저기, 푸르게 살았던 눈동자
　　회색으로 굳는 중이다

　　곡선으로 흐르던 세상 잃고
　　둥근 지느러미 빼앗긴 채
　　미늘의 날카로움에 얼어붙어
　　꼬리까지 직선이 되어간다

　　　태풍 불던 날이었어

뒤집히고 깨진 물의 반란을 피해
평온을 찾아낸 맑은 눈의 바다에서,

속내 다 비추는 물을 안고
일렁이는 햇살의 지휘에 빠져
한껏 연주했던 비늘의 그 바다에서,

잠시 내 것 아닌 반짝임의 유혹에
결코 내 것 아닌 춤의 욕심에
드넓은 방향 잊고 쉬운 길을 찾았을 뿐이야

굳은 눈동자의 이야기가
미늘의 춤 찐득하게 추는 동안

나를 보며 씨-익,
회색의 직선으로 웃고 있는 물고기

— 「물고기 공포증」 전문

　　살아있는 물고기의 눈빛을 마주한 적 있다. 호기심과 경계심으로 가득하지만 공격적이지 않은 맑고 투명한 눈빛을 한 번도 깜박이지 않고 꼬리를 흔들어 가며 방향 전환을 하고 상대방을 살핀다. 그러다가 온몸에 칼집을 내서 살점이 다 떨

손금 안에 연어가 산다

어져 나가고 뼈와 대가리만 남아 있는 채로도 눈을 뜨고 있는 물고기의 눈빛을 마주친 적도 있다. 미안하고 죄스럽고 야만스럽기까지 한 이 감정을 뭐라고 형용하기 어렵다. 한 마디로 "나를 보며 씨-익,/회색의 직선으로 웃고 있는 물고기"로 답이 되지 않을까 싶다. 깊고 푸른 바다의 한가운데서 길을 잃었을 어린 물고기였던 때의 기억을 되살리며, 물고기는 서서히 초점을 잃어갔을 것이다.

등짐조차 둥글려
직선을 마다한 눈물의 깊이로
너의 숨 남김없이 쏟았구나

주어진 시간 얇게만 걷던 나는
용케도 발 헛디뎌, 다행히
너의 둥근 숨에 빠졌구나

뭣이 그리 바쁘냐고
체액의 생명 덜어 쓴
느린 글씨의 유서

금빛의 찬란이거나
동빛처럼 흐릿하지도 못해

달빛 팽팽히 끌어당긴 몸

은은하게 녹인 너의 밤이 성성하여

이제야 구부러지는 것도
사는 일과 다름이 아님을
달빛에 축인 입술의 깊이로
너의 곡선을 읽는구나

– 「달팽이는 유서도 둥글다」 전문

전지적 시점으로 보면 달팽이는 지구를 굴리고 있는 것이다. 달팽이가 지구를 밀어서 공전을 할 수 있고, 수많은 달팽이들이 같은 방향으로 지구를 밀고 있어서 우주의 궤도를 벗어나지 않고 자전을 할 수 있는 것이다. 그리하여 달팽이는 곡선을 미는 힘을 가지고 있다는 걸 증명하고 있다. 사람들이 아무리 늘어나도 달팽이처럼 지구를 밀어볼 생각도 못 하는 것처럼, 곡선을 읽을 수 있는 감정을 가진 자만이 지구의 주인이 될 수 있다. 인간들이 멸종되어서 지구를 계속 밀면서 자전을 계속 시켜서 새로운 생명을 탄생시킬 창시자가 되는 것이다. 만유인력도 그렇게 달팽이가 끌어온 힘으로 중력을 작용시킨 것이다.

불火 가득 지고 들어온 절집입니다
눕고 낮추고 또 눕고 낮추다가 떨굽니다
108개의 땀방울 마룻바닥 서쪽으로 흐릅니다
아미타불의 무릎에 닿았습니다, 뜨겁게

얼른 닦아내던 관광 손수건 안내도는
왜 극락전 가는 길처럼 보이는 것인지요
욕심이 또 눈을 뜬 거겠지요, 뜨거워서

맑은 풍경 소리 아래 앉아
노을 식는 저녁같이 눈을 감습니다

잠시 불燈을 끄고 합장을 하는데

삼천 번 더 낮추라는 것인지
이번 생은 안 되겠구나 하는 것인지
쯧
쯧

불佛 집 삼 년 살이 똥개님이
발을 핥습니다, 차갑게

— 「불 집」 전문

심승혁의 시는 물, 불, 꽃, 뿔로 연결되는 세속의 인연을 고리로 시의 경계를 풀고 있다.

'불 집'도 '물 집'으로 원인을 삼는다. 불을 가득 지고 들어온 절집에서 108배를 수천 번 반복하는 동안 본래 물집이었음을 깨달아 뜨거웠던 몸의 불을 끄고 점점 차가워지면 절집의 똥개 부처님도 비로소 나를 알아보게 될 것이다. 번뇌의 불을 끄고 가야 물의 집은 진짜 불을 품을 수 있는 것이다. 불이 불을 안고 갈 수 없듯이, 물은 불을 품고 있을 때 꽃을 피운다.

꿈이었을까

흰빛 튀어 오르는 강변에서
물이 멈췄다 흐르도록
나는 가끔
연어를 보았던 어릴 적이 된다

돌아갈 곳 있음의 다행과
그곳에서의 죽음이 두려워
붉어진 몸으로 뒤엉킨
나는 점점
옆구리 희미해지는 연어가 된다

손금 안에 연어가 산다

선, 이미 손에 꼭 쥐고

빈, 옆구리 쓰다듬으며

긴, 시간 숨을 쉬었던가?

부레에서 허파로 허겁지겁

죽다가 살고 또 살고 그동안

나는 힘껏

사는 일이 꿈같은

손금을 거슬러 오르다가

깬다

— 「손금 안에 연어가 산다」 전문

심승혁의 시편들이 궁극적으로 다다라야 할 곳은 모천회귀이다. 태어난 곳으로 돌아와 알을 낳고 미련 없이 생을 마감하는 연어들처럼, 자신의 생을 다해 핏줄의 인연을 지켜낸 곳에서 '물의 집을 짓고―불의 집에 머물다가―다시 물의 집'으로 돌아가야 하는 운명 같은 시간을 스스로의 멈춤이라는 시간을 통해 곡진하게 풀어내고 있다.

'손금 안에 연어가 산다'는 화자의 운명을 통해 자신의 운명을 예견하는 '길'의 화두를 깨치는 작업이라고 할 수 있다. 부레에서 허파로 아가미로 숨을 쉬며 살아남을 수 있었던 연어가 마지막 순간 강으로 돌아올 때 민물과 바닷물이 만나는 곳에서 한두 달 동안 해수어로 살았던 기간의 염분을 내보내며 삼투조절을 하며 적응기를 갖고 강물로 거슬러 올라 알을 낳고 숨을 거두는 것처럼 그의 손금을 거슬러 오르는 연어는 물의 집에서 불의 집으로 갔다가 다시 물의 집을 회복하고 불의 집에서 영원히 기거하려는 깨달음의 몸짓이다.

심승혁의 시가 '생명의 서정'을 중심으로 슬픔의 핏줄을 당기고 있는 이유도 이와 다르지 않다.

　　　　　　　　　　　　손금 안에 연어가 산다